MAURICE DE FARAMOND

LE

LIVRE DES ODES

PARIS

P.-V. STOCK, ÉDITEUR

(Ancienne librairie TRESSE & STOCK)

8, 9, 10, 11, GALERIE DU THÉATRE-FRANÇAIS

PALAIS-ROYAL

—

1898

LE LIVRE DES ODES

DU MÊME AUTEUR

MAURICE DE FARAMOND

LE
LIVRE DES ODES

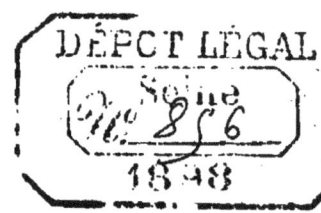

PARIS

P.-V. STOCK, ÉDITEUR

(Ancienne librairie TRESSE & STOCK)

8, 9, 10, 11, GALERIE DU THÉATRE-FRANÇAIS

PALAIS-ROYAL

—

1898

I

AU SUJET DU SANG BIENFAITEUR

Le Poète commence :

Heureux qui ne fut pas Semeur de blé !
Mais qui pressa le sein d'une Amazone,
Et n'ayant eu, pour le régir, personne,
Se trouva de soi-même abondamment peuplé ;

Celui qui n'ayant pas soif ne fut ivre
Jusqu'au suprême jour que de vivre,

Heureux celui-là !
Il dit à sa mère : Vous êtes morte,
Au Hasard : me voilà,
Au Glaive : Je te porte ;

Et quel qu'y fut le Dieu révéré,
Partout Il est entré ;

Une esclave servait un vieux Roi qu'elle lave,
Dès qu'Il parut, ce Roi descendit au tombeau,
Lui-même fit mourir la magnifique Esclave
   Par un seul mot, très beau ;

Puis Il cria : Nul n'a palpé chaude la vie
Qui ne l'a pas comme une bête poursuivie ;

   Les Hommes accablés ont répondu :
   Nous sommes captifs à notre héritage,
Où les Oiseaux divins ont certes peu pondu,
Mais par quoi remplacer la douceur du laitage?

 Par le sang que vous poursuivrez dans la chair,
Différemment il vous messied d'user le fer !

Tous clamèrent alors : Sois l'innombrable geste,
Répands-nous sur le sol comme fait un Berger,
Vraiment, nous nous sentons féroces et de reste,
  Et ne serait-ce enfin que pour changer !

  Il les a pris dans ses solides paumes,
Il s'en va, les éparpillant par les royaumes ;

Joyeux ils sont, joyeux, heureux !
Cependant si leur joie est quelque jour trop lasse,
Les lits des hommes sont assez nombreux,
Pour y trouver le repos à leur place ;

Ils ont dévalisé le monde, ils l'ont vaincu,
Sans autre but, bien naturel, qu'avoir vécu ;

Lui marchait le premier, portant le glaive,
Il était juste à sa façon par le tranchant,
Il s'est levé d'où le soleil se lève,
Il s'est couché dans le soleil couchant ;

Les Femmes en sont encore charmées,
Il ne les prit que par de nombreuses armées,

Heureux Celui-là !
De son pied bien que passé la terre frissonne,
Et qu'importe s'il la dépeupla,
Il n'eut pour mourir besoin de personne !

1.

II

AU SUJET DE L'OR DIVIN

La Fille de Cheops

Cette presqu'irréelle créature,
Merveille d'à-propos parfait dans sa structure,
Qu'assistent le Grand Prêtre et le Grand Médecin
Et dont le sexe est comme un rêve au bout du sein
     Qu'évente le Flabellifère,
C'est la Fille du roi Chéops et qu'il préfère,
C'est la flamme du Nil : Attaou-Proépi
Qu'on appelle autrement : la couleur de l'épi

Et que les dieux ont pourvue :
Anubis, guide des chemins, lui fit la vue,
Phré posa son éclat au devant de ses dents,
Phta qui pétrit sa bouche y demeure dedans,
    Et Pémoou qui communique la grossesse
Lui mit au creux de chaque main une Déesse,
Et c'est certain, le Faiseur d'or est accroupi
Dans la parfaite Fille : Attaou Proépi,
    Créature, oh ! je le chante, céleste,
Oblongue et longue et pure comme un Geste
Dont la courbe devient énigme par endroit,
    Telle est la Fille intégrale du Roi
Que le Cynocéphale aboyeur accompagne,

Cependant que Chéops bâtit une montagne ;

Mais, ô Roi, tu ne fus pas juste envers Ammon,
Dans le seul but d'élever un mont sur un mont,
(Et que ne creusais-tu des trous dans une plaine ?)
    Ta main, quand tu l'avances, n'est pas pleine,

Les Dieux n'ont pas reçu les dons promis
Pour ce que dans ta progéniture ils ont mis,
Tous leurs Prophétes sont à charrier des pierres
    Au lieu de s'ingénier en prières,
Et si dans ton palais persiste un libateur,
Ce n'est plus qu'au symbole de l'Or constructeur,
Les autres cultes sont devenus illicites,
Il n'est plus de fainpas, ni plùs de choachytes,
Nul ne s'occupe encor des chats à Bubastis,

Roi du Nord et du Sud, parce que tu bâtis :

    Les Triades, que servaient tes Nomarques,
Se résignent dans leur naos ou sur leurs barques
A savoir qu'il naîtra plus tard en des Assurs
Des Filles aussi belles à des Rois plus sûrs ;

Enfin il est un Dieu qui parle avec colère :
    « Nous avons eu le souci de te plaire
Et nous n'avons la fleur des plantes ni le miel,
Chéops, mais jusqu'où va l'Epervier dans le ciel

De la hauteur de ta Pyramide est l'outrage,
　　Et l'Or va te manquer pour ton ouvrage,
　　Tu chercheras de l'Or partout, en vain,
　　　L'or ne peut être que Divin ! »

Mais le Roi des Cataractes ne s'intimide,
Pour terminer la monstrueuse Pyramide,
Pour en bâtir une autre, admirable défi !
　　La Beauté de sa Fille a suffi.

AU SUJET DE LA FIDÉLITÉ EN AMOUR

Uamma

Le Rétiaire peut surprendre ma pensée,
Ma pensée est cet oiseau qui chante dehors,
 Mais sous ma chevelure à trois rangs tressée
 Nabuchodonosor est seul dans mon corps ;

Le Roi se lève dans la couleur de sa gloire,
Il projette de sa tiare un dard au soleil,
Puis il s'occupe à manger et à boire,
Jusqu'à ce qu'enfin il entre dans mon sommeil ;

C'est pourquoi l'on est pensif sur ma naissance,
Or c'est une Thébaine, apprêteuse de fard,
    Qui me conçut un jour par complaisance
Pour la luxure de l'Archer Ashmunaphar ;

Avant que le Roi n'eût sa barbe impérissable
Plus d'un me vit sur un ânon malicieux
Descendre au fleuve pâle et m'asseoir dans le sable
Sans autre habit que les paupières de mes yeux ;

Mais aussitôt que j'eus la forme où je m'admire,
Etant vraiment délicieuse à chaque endroit,
Et plus encore dans la pourpre et dans la myrrhe,
Je pénétrai tremblante aux murailles du Roi ;

    Maintenant, que le sournois Rétiaire
Qui tord la face du lion dans un licou
Guette s'il veut, loin de ma chevelure altière,
Les oiseaux qui brillent en enflant le cou ;

Ces beaux oiseaux ce sont mes petites pensées
Couleur de chaque jour qui chantent au dehors,
Mais sous les trois tours d'ombre à mon front dressées
Nabuchodonosor est seul dans mon corps.

Au SUJET DE LA VIRGINITÉ ET DE LA MORT

Bibylis

Ta maison de briquè, au miroir des eaux,
Comme elle était rose dans les roseaux !
Et que tes nuits, Bibylis, étaient calmes
En ta maison au bord du fleuve sous les palmes,
Et que la Déesse Mylitta
Avait mis de sagesse au sein qui t'allaita !
Oh ! que fut douce ton enfance au cours du fleuve !
Chaque jour était comme une corbeille neuve

Où tu prenais un fruit plus doux,
Et les Marchands qui viennent on ne sait d'où,
Qui poussent leurs mulets pendant des années,
Ceux-ci des îles Cyanées,
Ou Ceux de Cercasore et d'Héliopolis,
Chacun avait souci de revoir Bibylis
A Babylone, en sa maison calme, entr'ouverte
Sur l'Euphrate rose et sous la palme verte !
L'Un t'apportait un pain de poisson,
Un autre du lotus, du miel, quelque boisson
Ou des grains de lapis dans une pomme,
Les plus riches t'offraient des nids de cinnamome,
Puisque se dévêtir et puis se parfumer
C'est un plaisir et le commencement d'aimer ;

Oh ! que dans Babylone en ta maison de brique
Tu brillais, Bibylis, sur la rive lyrique,
Et que de ta jeunesse était joli l'accueil !
Depuis lors tant de sang empourpre tant de deuil,

Car, sans doute, les Marchands te furent propices,
Ils avaient dans les mains de l'or et des épices,

Mais les Archers de la Reine étaient bien plus beaux;
 Ni les uns ni les autres n'ont de tombeaux,
Leurs cadavres mêlés pantèlent sur la berge,
Parce que Bibylis a cessé d'être vierge !

V

AU SUJET DU DÉSIR DE PLAIRE

Esther

Sabbéteah, fleur d'or d'Adiabène,
    Aziraël et Joazir,
Eventez de vos mains de palmes le désir
    Que j'ai du Roi perse aux tresses d'ébène;

Tandis qu'à la corne de Baal-Phéor
Benjamin refusa l'encens et l'or
Et soulève un visage encor qui le refuse
    Jusque dans la poussière de Suse!

Chante, Khebbaraïm, qu'aux lueurs de mes dents
Je m'avance déjà comme une jeune femme,
Si parfumée et si languissante au dedans
Que mon cœur même est une rose qui me pâme,

Mais que c'est par la volonté du Tout-Puissant
Que me consume le désir du Roi persan !

Car, au delà des trois terrasses de porphyre,
Il médite le Maître à qui je veux suffire,
Essuyant à sa main une lèvre sans nom,
Si pour l'Amalécite, au palais de Memnon,
La rive du Choaspe sera débordée
Du sang impérieux des Filles de Judée,
Et son esprit s'incurve en de profonds airains,
....Et moi j'arriverai, lente, allongeant mes reins
Et portant une fleur au devant de ma bouche,
Avec Sabbétéah qui partage ma couche,
Et Joazir, Khebbaraïm, Aziraël,
Qui sont aussi des Filles vierges d'Israël,

Dont la tendresse l'une vers l'autre est penchée.
...Et moi je parcourrai, Pupille de Mardochée,
Hors de ma robe éblouissante le sein levé,
....Et comme si j'en avais rêvé !
Les quatre fois cent vingt espaces de basalte,
Jusqu'où les Porteurs de l'Arc eux-mêmes font halte,
Et s'accroupissent les Taureaux repus d'encens,

.....Sans nul secours humain que mes yeux innocents ;

Mais Quelqu'un devant moi, Quelqu'un ploiera les portes,
Et déjà bien de nos misères seront mortes,
Lorsque je m'offrirai, sans le craindre, à Celui
Dont à travers les murs le visage reluit ;

Chante, Khebbaraïm, que le Roi perse
Elèvera sa lance sur nos ennemis,
Parce que je suis désirable et non perverse ;
— Ainsi que Jehovah nous l'a promis ;

Et toi, Sabbétéah, que l'impiété courrouce,
Ajuste-moi la pourpre et la nacre des mers,
   Car il me sied d'avoir les cheveux amers
   Et contrairement la bouche très douce,

Ma bouche veut fleurir dans le jardin du Roi,
Jusqu'à ce que mon œil contemple les entrailles
Des ennemis de Dieu cloués sur les murailles,
....Pour la douceur qu'Assuérus aura de moi.

VI

Au SUJET DE LA VENGEANCE NATURELLE

Sémésé

J'ai frappé Khaodab, Elle est morte
La Concubine au sourcil couronné,
Parce que son visage était tourné
Vers le Cyrénéen qui rêvait à sa porte
Et Celui-là se nommait Ahkmor,
Et je l'ai terrassé d'un coup de gauche à droite,
Elle est tombée aussi, la Femme trop adroite,
Leur sang malicieux s'est mêlé dans la mort ;

Et j'ai dit : Lotophage de Cyrène,
    Et Toi Khaodab Reine,
Je vous ai fait le lit pour vous coucher,
Chacun peut vous y voir ensemble et vous toucher,
    Et certes, puisque ta maison fourmille,
Cyrénéen, je marcherai vers ta famille,
Et ton sang rebondira jusqu'au Trisaïeul
Qui, dans son ombre dont il a peur, vivra seul !

Et je me suis avancé vers les Filles
    D'Ahkmor qui sont d'une grande beauté,
Leurs vêtements les entouraient jusqu'aux chevilles,
Et leurs frères étaient debout à leur côté,
    Et Ceux-ci m'ont crié ; « Tueur lâche,
Laisse nos sœurs splendides, Elles ont grandi
Pour enfanter avec amour un fils hardi
    Et non pour tituber au gré d'nne hache ».

Et comme j'étais seul, quoiqu'à plus d'Un égal,
Je n'ai pas entrepris d'étendre sur leurs ombres

Les Quatorze Filles Cyrénéennes sombres,
Mais j'ai frappé d'un dard Aghaog le Chacal,
Sa sœur en même temps roula dans la poussière,
    Et Celle-là se nommait Sémésé
Et je l'ai traînée à mon lit par la crinière
    Et je l'ai dévêtue à mon baiser ;

Et Sémésé hurlait, sanglante et sans défense :
« C'est pour un Autre qu'a mûri mon enfance, »
    Mais je lui soufflais : « Sémésé,
    Bois ma haine dans ce baiser,
Tes frères dans mon lit ne peuvent t'entendre,
Et tes bras sont trop beaux pour te défendre,
Tes bras jusqu'à la mort gémiront de presser
    Celui-là seul qui vient de te blesser ».

Et la Cyrénéenne a mis un Homme au monde
    Dont le cœur s'est enfui par les yeux trop grands,

2.

Il se contemple beau, mais il se sait immonde,
Et sa mélancolie accable ses Parents ;
Déjà son rire est dur, déjà sa bouche amère,
Déjà dans notre lit, nous grelottons, hideux :

Sémésé, notre Fils va nous venger tous deux
    En tuant son père et sa mère !

VII

AU SUJET DES MORTS ET DES VIVANTS

Les Filles d'Alyatte à leur frère Crésus

Porte-Figure d'un grand Roi,
  Permets qu'ici tes sœurs vermeilles
Te parlent sans déchoir en un stupide effroi,
Solitaires au bord du songe où tu sommeilles !

O Notre Frère bien-aimé,
  Depuis trois cents jours tu ne bouges
Qu'au revers du soleil ton visage fermé,
En tes parcs d'iris noirs et de tulipes rouges ;

Où donc le sang a -t-il jailli,

Que le Maître de ces royaumes

N'accorde aucun regard au sein enorgueilli,

Et se tienne aussi loin des femmes que des hommes,

De sorte que dans ce palais

Les Filles s'adonnent aux astres,

Bien qu'elles aient songé souvent que tu leur plais,

Et n'espèrent d'amour qu'en de proches désastres,

Et que Nous de même, tes sœurs,

(Faudra-t-il enfin qu'on défasse

Les robes d'Alyatte aux Mèdes pourchasseurs ?)

Obscures nous passons au-devant de ta Face.

Cependant toi-même tu sais

Que chacune de nous s impose

Des ruses pour te plaire, et tu comprends assez

Que notre corps en somme est bon à quelque chose !

Ce sang même que tu reçus,
    Comme nous, du Roi notre père,
S'il bondissait comme un lion hors des tissus,
C'est en nos cœurs profonds qu'il aurait son repaire,

Et sur les berges de l'Halys,
    Où tu tressais nos chevelures,
Tu nous aimas alors à la splendeur des lys,
Nos baisers furent des sourires sans brûlures,

Car nous n'étions que des enfants
    Tendres, mais à notre manière,
Qui déjà s'avouaient ce que tu nous défends
Maintenant que nos fronts qu'alourdit leur crinière

Se sont appâlis à rêver
    Qu'un jour serait, bientôt peut-être,
Où ce dessin d'Amour tu saurais l'achever,
Et que nous deviendrions par toi ce qu'il faut être,

Par toi, dans tes palais assis,
Frère sans aucune tendresse ;
Sans doute notre corps si jeune est imprécis
Mais le grand désir d'être infiniment nous presse,

Et nous nous contentons fort peu
De savoir que les Lydiennes
Et les Perses aux membres d'or tachés de feu,
Et comme des panthères les Assyriennes,

Te tendent leurs bras impollus,
Sans fléchir tes chairs éternelles ;
Ce n'est pas toutefois les juments du Tmolus
Dont le poil ténébreux suinte en tes prunelles !

Ah ! je succombe, Ah ! mes sœurs,... Ah !
Mais autant certes que tu saignes,
Ici j'éventrerai le mur qui te céla
Et derrière lequel si bien tu nous dédaignes

Qu'il faudra qu'enfin nos pieds nus,
Dont témoigneront leurs empreintes,
Nous emportent la nuit à des Dieux inconnus
A travers des pays d'opprobres et de craintes !

Ho !... mes délicieuses sœurs,
Le Fils d'Atia, votre frère,
Qui soutient seul l'orgueil des Rois Prédécesseurs,
Couve en son cœur obscur un amour funéraire,

Il vous exile en vos beautés,
Parce qu'un soir il a vu Celle
Dont il est justement le fils à ses côtés,
Et sa stupeur affreuse à sa tempe ruisselle,

Son cœur blême est tout en lambeaux,
Parce qu'un soir Elle est passée,
Taciturne, au chemin qui longe les tombeaux,
Celle dont la grande Ombre y reste ineffacée,

Et Qu'il osa la trouver belle,

…….. Et sans la laisser repartir.

Ainsi parfois un Fleuve au golfe se rebelle

Pour se dresser au mont dont on l'a vu sortir !

Et Lui sa honte le dévore,

Et c'est chaque soir un corbeau

Qui descend en son cœur et s'échappe à l'Aurore ;

Certes le corps vivant d'Atia fut très beau,

Nous savons ses formes parfaites,

Les mêmes sans doute que nous ;

Mais il fut consacré par de sublimes fêtes,

Il est temps d'abaisser un voile à ses genoux,

Et de songer, Toi qui te vautres.

Que nous sommes tes sœurs, des fleurs,

Si tu ne veux nous voir, plus belles que les autres,

Inonder tes palais de cheveux et de pleurs ;

Ces paroles, tyran de Sardes, sont les nôtres*

VIII

AU SUJET DE LA PAROLE

La Reine de Saba

Voici la Femme des Royaumes de silence
Qui porte dans sa main la palme, non la lance,
Au spectacle d'un peuple allangui de sommeil
De qui se sont épris la Lune et le Soleil ;
C'est la Reine des rubis et des escarboucles
Dont les panaches voltigent avec les boucles,
Et qui se joue à se mirer en voyageant

3

Aux miroirs innocents de l'or et de l'argent,
Loin de ses pavillons en fleurs à trois corolles
Où ne sont pas venus les Marchands de paroles,
Au lac aveuglant des Yemens fabuleux !

Sur le mont abaissé des dromadaires bleus,
Toute en parfums, toute en parure aranéenne,
La voici devant toi la Femme Sabéenne,
Avec le sein qui brille et la bouche en couleur
Seigneur suave, fils de David, Roi parleur,
Assieds-toi devant les richesses qu'Elle apporte,
Car Elle vient du Sud, comme par une porte
Qui s'est ouverte, laissant voir l'éclat vermeil
D'un vieux peuple ami de la Lune et du Soleil ;

Voici d'abord qu'Elle te présente en hommage
Mille oiseaux, entends-les chanter, dont le plumage
Oriente le jour sur les déserts sans eau ;

Elle croit que son cœur de même est un oiseau,
Et que c'est Lui surtout qu'il faut couvrir d'un voile
Par crainte qu'un rayon l'enivre à quelque étoile !

En ces coffres de bois rare occellé d'onyx,
Voici des cercueils de myrrhe où dort le phénix,
Des bassins clairs polis par la main et la bouche,
Miroirs des soirs où la dernière heure se couche !
Des grains d'or et d'argent et qui furent triés
Par des femmes qui voulaient plaire à des guerriers,
Et puisque rien n'est rien, sinon mâle ou femelle,
Toutes pierres où le double charme se mêle,
Assiégeant de leurs feux de safran ou d'azur
Les Arômes pâmés en de l'albâtre pur :

Elle croit que l'amour est suffisant à l'homme,
Mais que les voiles exhalés du cinnamome
Ajoutent au désir ce qu'il faut de vertu ;

Voici pour que l'orgueil de ton corps soit vêtu,
Roi de qui la balance trébuche aux mystères,
La dépouille des pygargues et des panthères,
Où sont parsemés les yeux qui peuplent le soir ;
Et, dans ce double étui de sandal rose et noir
Voici, sculptée et peinte, la Reine elle-même,

Avec le miroir, la palme, le diadème
Et deux oreilles de corail, ô Roi parleur !

Elle ne croit qu'aux Dieux qui sont lumière ou fleur,
Et t'engage aux détours d'abord les moins absconses
Qui sont cause qu'en l'air voltigent tes réponses,
Puis Elle veut savoir tout ce que tu prescris,
Et ce que tu défends... et tu le lui souris,
Vous êtes côte à côte assis en vos deux formes,
Et tu parles, tu dis les règles et les normes,
Reine charmante, Roi très artificieux !
Mais il n'est qu'un seul Maître de la terre aux cieux,
Ta parole un instant à Lui s'est égalée,
Au point que, déjà confuse et tout ébranlée,
La Reine qui sait tout, avec quelque langueur
Pénètre le mystère encore de ton cœur ;

Et tenant en sa main la palme, non la lance,
Voici la Femme des Royaumes de silence
Qui s'en retourne vers les palais de sommeil
Où sont extasiés la Lune et le Soleil ;

En ses atours d'orfévrerie aranéenne,

Le sein qui brille, c'est la Reine Sabéenne,

Dont s'élance la plume et qui dans le miroir

De l'or et de l'argent se rassure à se voir,

La Voici toute en parfums, toute en banderolles,

Emportant dans un vol de paroles..... paroles,

Sous le parasol de mille et une couleurs

L'Image dans son sein du glorieux Parleur.

IX

AU SUJET DE LA PLUS BELLE FEMME

Hélène.

En ce palais plein des bœufs mugissants
Qui pâturent sous le sceptre du fils d'Atrée,
Dans la chambre la mieux parée
Tu lèves ton divin visage de seize ans
Parmi d'attentives femmes aux mains suaves,
Ce sont tes esclaves,
Le lin d'Argos bande leur front étroit,
Et leur tunique est faite pour qu'on la dénoue
Dans l'éclaboussement de pourpre de leur joue,
Mais toi tu brilles dans les bras du Roi,
Hélène.

Déjà le baiser d'un héros

Te fit aimer l'amertume des eaux

Qui baignent la terre achéenne,

Mais si t'ayant roulée en tes lourds cheveux,

Il t'emporta dans ses muscles nerveux,

Le Crétois, qui semblait ivre,

Bien que pour ta jeunesse il fût trop exigeant

Tu n'avais pas refusé de le suivre,

Et tu filas pour lui des quenouilles d'argent

O la plus belle femme,

C'est ton époux qui te possède à présent

C'est pour lui que tu tisses la belle trame !

Mais voici que sur la mer

A navigué le Priamide,

A peine et d'une bouche encor timide

A-t-il bu le breuvage en ta présence offert,

Que de ta présence il est ivre,

Et tu n'as pas refusé de le suivre

Jusque dans des murailles de pierre et de fer,

Hélène !

Tu marches de nouveu sur la mer
                    Fileuse de laine,
Et tu t'assieds au cœur de pourpre d'un rempart
Avec Alexandros vêtu d'un léopard
Dans le palais à trois étages de l'Asie !

                    Les rois d'Argos y sont venus,
                    Il y avait Junon et Vénus
                    Avec des chevelures d'ambroisie,
                    Et même des Dieux inconnus
Qu'accompagnaient l'ibis noir ou la salamandre,
Qui se sont mesurés pour toi sur le Scamandre ;
                    Mais voici que d'abord
Le beau porteur de lance Hector est mort,
                    Aussi le Péléide est mort,
Et Ménélas hurlant au pied des murs t'appelle
                    O la Femme la plus belle !
Aussi... le bel Alexandros est mort

                    Il n'est plus que leurs éloquentes
                    Funérailles autour d'Ilion,
                    Mais Déïphobos, vêtu d'un lion,
                    A soulevé ton voile d'acanthes,

                                                            3.

Et ta douceur est la cause qu'il dort
    Dans la ville de même endormie,
Où déjà brille l'obscure lance ennemie ;
Le vieux Roi de l'Asie au bras tremblant est mort,
    Hélas ! aussi…. Déïphobos est mort,
        Et dans Troie enflammée
Ménélas marche avec un casque de fumée,

Tu t'avances à son regard ravi,
        Hélène,
    Et jusqu'à la terre achéenne
        Tu l'as suivi,
    O la plus belle Femme !
Dans le palais de Sparte au seuil retentissant
    C'est ton époux qui te possède à présent,
    C'est pour lui que tu tisses la belle trame.

AU SUJET DES SÉPARATIONS

Enée, prince troyen, en présence de Didon.

Princesse (puis-je encor te nommer autrement?)
Cesse de retenir aux remparts de Carthage
    Les orageuses nefs de ton amant,
Ce n'est pas qu'il soit si barbare et ne partage
    La douceur d'aimer et puis le tourment,
    Mais c'en est trop que tant de larmes,
    Et si Quelqu'un encore doit pleurer,
    C'est Celui-là qui revêtant ses armes
S'en retourne à des mers inhumaines errer,

    C'est moi, fils de Vénus, qui dois pleurér !

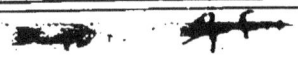

Mon destin inégal m'entraîne,
Et si les Dieux permirent qu'une fois épris
J'eusse quelque loisir dans le lit d'une Reine,
Il faut que maintenant j'en acquitte le prix
        Au puissant Neptune !
    Du moins saurai-je qu'il n'en est pas une,
    Même qui se baigne au cours du Cydon,
        Plus belle que Didon ;
    Mais toi fais en sorte aussi que ton âme
Se rehausse jusqu'à ta beauté... non que Femme,
    Reine !

        Sincèrement le voudrais-tu
    Que pour un repos sans patrie,
    Pour même, j'ose en parler, ta vertu,
Je m'abaisse à ne pas conquérir l'Hespérie,
    Ou que seulement je remette à demain
    Le souci de fonder l'empire romain ?
Si je ne te savais si frivole... et je t'aime,
    Je n'aurais pas grand'peine à supposer
        Que tu prétendis ici-même
Faire tenir mon avenir dans un baiser,
    A moins que, manquant de mémoire,

Mais trop en vain, tu ne feignes de croire
Qu'à ces écueils propices je ne fis semblant
Que pour te ravir d'avoir fait naufrage,
Rappelle-toi plutôt l'instant étincelant
Et que c'est par Vulcain, forgeur d'orages,
Que se rompirent les boucliers de nos cœurs,
Nous fûmes inégalement tous deux vainqueurs
Et je te dis : « Prunelle close,
Oh ! que tu sois close, et crinière d'or
Et bouche rose, que je vous combatte encor ! »

Princesse, il ne fut pas question d'autre chose !

Et puis ne touchons plus où nous fûmes blessés,
J'en ai dit vraisemblablement assez ;

Celui qui, dans la flamme de Troie,
Portant son fils, son père, ses Dieux,
Résista le dernier aux Grecs victorieux,
Celui-là, dénouant à la fin la courroie
De son glaive... ainsi tu le verras s'en aller !

Mais non, c'est un départ plus doux que je prépare,
Non, vraiment, je ne suis pas du tout si barbare,

Reine si peu cruelle, au lieu de t'accabler,
Je voudrais à l'amour tout le jour te distraire,

C'est Jupiter qui veut le contraire !

Adieu donc, Princesse de Tyr,
J'emporte mille merveilles phéniciennes
Pour nous armer et nous vêtir,
Tes belles mains ont bien été les sœurs des miennes
Et le Roi Priam, que j'ai vu gésir
Parmi ses brus dont je t'ai conté le veuvage,
Aurait de même enrichi ton plaisir.
Si quelque Dieu t'avait conduite à son rivage,
Tu nous aurais quittés en nous disant ; merci.
Moi donc je te quitte ainsi
Au seuil pompeux de ta demeure,
Tu pleures, ce serait trop peu
Que je pleure,
Adieu.

INTERMEDE

XI

INTERMÈDE

___

Une Chanson de Mytilène

J'ai cueilli tes yeux
Parce qu'ils étaient luxurieux,

Et ta bouche de pourpre enorgueillie,
Une autre fois je l'ai cueillie,

Maintenant ce sont tes mains
Que j'effeuille par les chemins ;

Oh! Porteuse de mes corbeilles,
D'où tu chassais les abeilles!

Voici le puits
Que flaire l'onagre au passage,
Où tu buvais ton visage
Parmi le labyrinthe de buis,
L'eau que ne trouble aucune aile
Brille encore; c'est ta prunelle
Qui semble ronde sur le puits;

Oh! nécessaire servante,
Pour tout ce dont je me vante!

Voici la Fleur
Que l'Astre a baisée,
Elle est à midi l'Epousée
Sous le diadème croûlant de chaleur,
Voici le cœur de la fleur
Où ta bouche blonde est posée
Comme une sœur de la même couleur;

Oh! esclave, d'abord si sage,
Mais qui devins hardie à mon usage!

Maintenant, ce sont tes mains
Que j'effeuille par les chemins.

XII

AU SUJET DE L'INÉVITABLE DESTINÉE

La Jeune Porteuse d'amphore

Que tu portes la longue Amphore ou le Flambeau,
Ton épaule s'exalte à l'urne quoique pleine,
Et le feu vigilant naquit de ton haleine,
Adolescente à qui chaque jour est plus beau !

Dans le golfe où bleuit la blonde Cynosure,
Si ta beauté descend jusques aux Dieux marins,
Tes genoux et tes bras leur étreignent les reins;
De les sentir si doux ton courroux se rassure :

Ta fraîche robe est le chef-d'œuvre de tes mains,
Tes cheveux somptueux adornent tes paupières,
Tu manges des fruits d'or, mais tu lances des pierres
Aux inconnus Passants qui troublent tes chemins,

Marcheuse aux pieds légers autant que tes pensées,
Les Inconnus étant de retour s'assiéront,
Et tu feras pour eux descendre de ton front
Le long tapis de tes paupières abaissées,

Car les baisers, un jour, tu les auras voulus !
Déjà le Flambeau meurt, l'Amphore est moins légère,
Toi-même à ton foyer, ainsi qu'une Etrangère,
Tu resonges tout ce qui ne t'appartient plus.

XIII

AU SUJET DE L'HOSPITALITÉ

Un Habitant des Iles s'exprime ainsi :

Ma maison est comme un visage avec des yeux,
L'Aurore est sur le seuil assise à t'y sourire,
Entre au dedans de ma maison et sois joyeux,
Etranger, si Neptune a brisé ton navire,

Mes fils nombreux avec la hâche et le marteau
Feront saigner le bois amer de ce côteau ;

Et Lycimnie à la chevelure marine
Pour te verser de sa hanche un vin fleurissant
Détournera le fils pendant à sa poiɪrine,
En ce verger, où chaque soir le ciel descend,

Afin que la beauté de l'Epouse et sa grâce
T'introduisent d'abord à l'orgueil de ma race ;

Inconnu de la mer, entre dans ma maison,
Mes filles, dont chacune brille dans le nombre,
Réservèrent pour toi les fruits de la saison ;
Elles te ménageront la lumière et l'ombre,

Tandis que pour bâtir le plus beau des vaisseaux
Les muscles de mes fils couleront en ruisseaux ;

Long sera le labeur, et ma maison heureuse,
Vingt visages iront au-devant de tes yeux,
Et le miel sera doux, la treille ténébreuse,
Le lit toujours paré pour que tu sois joyeux,

Et tu pourras t'enfuir sans payer de salaire,
Mes filles ne seront pas lasses de te plaire,

L'Océan gémissant leur froissera le sein,
Et Lycimnie aura ton fils à la mamelle,
Et dès lors ma maison, comme après un larcin,
Vacillera muette et morne, et moi comme elle ;

Qu'importe ! Entre dans ma maison, jeune Inconnu,
Nous te remercierons encor d'être venu.

XIV

AU SUJET DE L'IRRÉALITÉ DE SOI-MÊME

Le Bosquet d'Hercule

C'est maintenant le crépuscule
Où la prudente Agathoclé
    Pénètre au bosquet d'Hercule,
    .....Le cœur si troublé!

Elle parcourt l'ombrage blême
Qu'elle devine plus redoutable au milieu,
Prête à pâmer d'avoir peur de Celui qu'elle aime,
Elle s'engage dans l'horreur du Dieu;

J'entends que son pied retombe et que sa poitrine
Monte seule dans le silence et redescend,
      Et je murmure : Myrrhine,
    Un cœur aussi fabuleux te pressent;

   Mais à mon ombre Elle recule :
Halte à Celui qui vient, prétends-tu que je sois
Celle que tu rêvais, non Celle que tu vois,
    Par quelque imposture du crépuscule ?

   Si même j'ai le cœur assez troublé
Pour découvrir l'escarboucle de ma poitrine,
Apprends d'abord que je me nomme Agathoclé,
    Je ne saurais être Myrrhine. »

— Oh! qui me mens, je sais ton nom,
Le jour te pare et le soir te fait nuptiale,
Et je te vis qui portais la peau bestiale,
    Ainsi que le Crédemnon ;

Tes escarboucles tombèrent d'une tiare
Jusqu'à ton sein qui ne cesse pas de régner,
　　Et tu simules de me dédaigner
Parce que j'ai la forme énorme d'un Barbare ;

Mais depuis que, sans meurtrir des hommes, j'attends
Cette heure enfin où j'aurai la fleur et la gemme,
　　　Tu m'as fait rêver trop longtemps
　　　Pour n'être pas Celle que j'aime.

— Oh ! dit-elle, je croyais être Agathoclé,
　　Mais je deviens Myrrhine en ce bocage,
　　Car c'est toi dont j'ai le cœur si troublé,
Dieu vespéral, tu t'es montré par ton langage ;

　　　Si d'abord folle je t'ai fui,
Que ne me disais-tu : Je suis l'horrible Hercule ;
Je t'ai si longtemps cherché dans le crépuscule
　　　Que c'est maintenant la nuit.

XV

AU SUJET DE LA LÉGITIME ESPÉRANCE

L'Hiérophante dit :

Voici le jardin, voici la saison
Où vous fleurirez, Filles de raison ;

    Puisque déjà les Mal–apprises,
    Qui se baignent sans se cacher,
    D'un trait d'or y furent surprises.
    Quel pouvait être cet Archer ?

Mais que ce souci ne vous importune,
Le même moment viendra pour chacune ;

    Car voici, dans cette saison,
    Le Jardin au riant périple
    Où vous l'attendez à foison
    Le Héros unique et multiple,

Le si barbare et pompeux Ravisseur
Qui vous a ravi d'abord... votre sœur,

    Mais que cela ne vous afflige,
    Préparez plutôt le chemin
    Que puisse y passer le quadrige
    De Celui qu'accompagne Hymen,

Dont vous baisez, la nuit, la figurine,
Que vous recevrez dans votre poitrine,

    Qui vous mordra le sein, le cou,
    Qui va vous réduire en litière,

Et vous traîner qui sait jusqu'où,
Filles de la sagesse entière,

Préparez le chemin, allez ouvrir
Qu'il vienne enfin, qu'il vous fasse fleurir,

Autant que votre sœur aînée
Qui fleurit au bord inconnu,
Que vous fleurissiez d'hyménée
Par Celui qui n'est pas venu,

Filles de raison, Filles de sagesse,
Par Celui que vous attendez sans cesse,

Qui viendra, quand il sera prêt,
Par les bois comme un Sagittaire
Aplanissant de son attrait
La rotondité de la terre,

Par Celui-là, Filles, vous fleurirez,
Tant que vous vous voudrez, tant que vous pourrez,

Puisque déjà sous les yeuses
Quelqu'une se sentit toucher
Par des flèches délicieuses,
Quel pouvait être cet Archer ?

Mais que ce souci ne vous importune
Le même moment viendra pour chacune,

Car voici, dans cette saison,
Le jardin diurne et nocturne
Où vous l'attendez à foison
L'Impérieux, le Taciturne,

L'Illustre, l'Opulent, le Surhumain
Qui viendra ce soir, qui viendra demain.

XVI

AU SUJET DU VEUVAGE HÉROïQUE

(POUR FAIRE SUITE A L'ODE PRÉCÉDENTE)

Polyxène, fille de Corinthe, en présence du peuple :

Je parle au devant des Ephores
Que ronge un superbe souci,
Aux Héros fils des Canéphores,
Aux autres aussi ;

Mais d'abord faites silence
De la crinière et par la lance,
Et que nul n'ose me toucher
Ni seulement m'approcher.

Ephores, Stratèges, Augures,
Que la Vie et la Mort, allant du même pas,
Font paraître à doubles figures,
Ne sais-je pas
Que vous convoitez Polyxène,
Parce que, malgré tout, elle est de forme obscène?

Mais ne craignez plus d'offenser
Celle que nul ici n'a pu blesser;

Disjoignez plutôt vos paupières,
Porteurs de flèches et de pierres,

Si votre lèvre n'a goûté
L'Amertume de ma beauté,

Voici ma robe que je livre
Au gré de ce soir frissonnant,
Et voici mon corps maintenant
Qui vous concède à tous de vivre,

O vous qui pour me posséder
Cherchiez ma bouche en quelque apparence éphémère,
Voici mon corps, chef d'œuvre de ma mère,
Au point que j'ai su le garder.

Mais que nul encor ne prétende
M'approcher, ni que je l'entende ;

Je m'adresse aux Vieillards assis
Et que leur vieillesse décore,
A mes frères qui sont ici,
Aux autres encore ;

Vous m'avez dit : Garde ta main
Et ta bouche prudente et sûre
Pour les poser à la blessure
Du Héros qui viendra demain,

Et n'ajuste à ta hanche haute
Qu'une tunique sans apprêts,
Que tu dénoueras à ton hôte
Au seuil du temple des forêts,

En sorte qu'il te reconnaisse
Et te retrouve en ta jeunesse ;

Ainsi vous m'avez parlé,
Vieillards très vieux, et j'ai filé
Près de la mer toute ma laine
Pour Aminias de Pallène,
Qui s'embarqua sur vos vaisseaux ;
Et la mer chantait mes fuseaux,
Et dans la laine mes pensées
Y sont en vagues enlacées,
Et Nul, quel que fut son désir,
　　Ou le Présage,
N'a triomphé de mon visage,
Ni de moi-même eu du plaisir;

Et c'est pourquoi, Guerriers, à ce rivage hellène,
 Il est, je suppose, bien temps
De me dire pourquoi si vainement j'attends
  Aminias de Pallène,
  Qui sur vos barques de bois
  Fut comme un Dieu tant de fois !

  Mais silence
 De la crinière et par la lance ;

Aminias est mort sur la mer,
  Et c'est pourquoi la mer beugle,
  Aminias est aveugle,
   Son lit est amer,
Aminias gémit au flot qui monte,
  Mais le flot prétend faussement
   Que j'ai perdu mon amant
  Et qu'Aphrodite me fait honte ;

Voici mes seins pour vous, qui ne sont pas meurtris,
 Les voici donc à vos rouges narines,

Fortifiez mes seins de vos poitrines,
Et regardez que toute je souris ;
Si fermement pour vous ma bouche est pleine !
Et vous pourrez, de plus, savourer à loisir
Tout en mangeant votre désir
L'âme d'Aminias mêlée à mon haleine
Qui me baise à ma bouche et me meurt à mon cœur,

Afin qu'à de l'amour j'use aussi ma vigueur
Et qu'à mon tour assise avec les Veuves,
Tout étant à jamais mort, la gloire et la chair,
Je tisse au fond des jours le lin des fleuves
Et non plus ces toisons trompeuses de la mer !

Mais que d'abord nul ici ne me touche
Avant que j'aie fermé la bouche.

XVII

AU SUJET DU VOISINAGE A LA CAMPAGNE

Un Ephèbe rustique :

Par le sentier qui se perd sous le lierre
Je me glisse au verger doré de Mellito,
Car j'habite dans les osiers de la rivière,
    Tandis que ma voisine est à mi-côteau ;

Elle se hâte dans ses cheveux qu'elle noue,
    Et me dit : « Sois heureux encóre un jour,
Cueille un peu de mon cœur à la fleur de ma joue,
Et compose ce jour encor de notre amour. »

Aussitôt dans nos mains se mêle notre ouvrage,
Nos destins comme nos jardins sont attenant,
Et nos mères, qui se souviennent de notre âge,
Imaginent de nous marier maintenant,

Et le soir, après le délice de la treille,
    C'est moi qui la ramène, Mellito,
A sa mère, qui fut d'une beauté pareille;
Je leur dis : « Soyez heureuses à mi-côteau »

Car plus loin, sous le bois, où s'assombrit la terre,
Habite Tecméïs au front deux fois cerclé,
Dont le père ne s'est exercé qu'à la guerre,
Et Tecméïs avec ses mains n'a pas filé ;

    Mais Elle apporte avec elle un présage ;
Elle sait l'avenir et le donne à rêver
Et si, le soir, je la rencontre, son visage
Persiste dans la nuit qui semble l'aviver,

Oh ! les pays lointains qu'Elle suggère !
Et je songe que Mellito, dans sa fraîcheur,
N'eut jamais la beauté d'une telle Etrangère,
Et son amour ne sait que faire de mon cœur,

Tandis que la Barbare mal-venue,
Seulement d'apparaître émerveille mes yeux.
Sans doute ce n'est pas moi qui la verrai nue,
Mais chaque nuit Elle reçoit les Dieux.

XVIII

AU SUJET DE LA PATRIE

Un Athénien

Je me suis vu dans un miroir,
J'avais mieux fait que mon devoir,
Et c'était pour cela dans les torches du soir
Une multitude assemblée,
Pour me défendre, un, deux, trois amis,
Pour tout le reste mes ennemis,
Et moi qui les supposais endormis,
Mais leur âme plus que la mienne était troublée!

Je me suis vu dans mon foyer éteint,

Déjà marqué pour un nouveau destin,

Et c'était sous la complicité du matin

Les portes sans prétexte de la Ville,

Mes amis·encor, mes inutiles parents,

Leurs bras déchirants,

Et tout à coup parmi l'effroi des chiens errants

Mon courroux criant mon retour à qui m'exile :

« Athènes, oh ! qui m'as récompensé

Par un tel exil de mon cerveau dépensé,

De mon cœur versé,

L'espace que tu me laisses est vaste,

J'y vais chercher qui te dévaste,

J'y vais, tu l'ordonnes, marcher,

J'y vais chercher

Les Barbares

Qui m'aideront à dénouer tes mains avares

Et qui portent des tiares ! »

Et dès lors sous mes pieds parsemant mes jours,

Dans le leurre incessant des fleuves sans recours,

Comme si toujours errer, toujours, était vivre,
    Je me reconnais encor, je me vois,
        Chez d'autres peuples, sous leurs toits,
    En d'autres miroirs d'airain ou de cuivre,
Sur d'autres Océans,.... comme si c'était vivre !
En des fleuves nouveaux aux éternels circuits
    Que de même éternellement je poursuis

Jusqu'à la mer, toujours la mer et si profonde !

    Je m'y suis vu puissant et vieux.
Haussant mon cœur, ainsi qu'un écueil glorieux
    Mais n'ayant plus de mains, n'ayant plus d'yeux
Que les yeux et les mains de mon peuple qui fonde
La Citadelle enfin de mon long désespoir,

    Et c'était sur le flot souriant d'Ionie,
        Ville de ma haine et de mon génie,
    Athéniens, votre plus belle colonie.

        Je l'ai bien vu dans un miroir
        J'avais encor mieux fait que mon devoir.

XIX

AU SUJET DE LA FÉLICITÉ

ACQUISE PAR LE TRAVAIL

Un Sculpteur

Bienheureusement que je suis mort !
Sans quoi je sculpterais encore du marbre,
Mais c'est plus doux d'être sous un arbre
Assis au sombre bord ;

Il était temps que ma Maîtresse
Fût Celle-là qui ne dit jamais non
Pour peu qu'avec impatience on la presse
Et qu'on lui donne quelque nom ;

Cependant il est vrai que j'eus des Amantes
Très belles, autrefois, dont je sculptai l'amour
A l'imitation de leurs formes charmantes,
  Invariables tour à tour,

Sauf que de temps en temps il en tombait des larmes,
  Larmes ! dont le sel fut prédestiné
A fondre le cœur des Pentarques sous les armes ;
De sensibilité je semblais couronné,

Lorsqu'une fois une Etrangère, trop barbare
Pour n'être pas divine, entra dans ma maison,
  Cheveux épars, ayant poussé la barre
  D'un geste introducteur de l'horizon,

Elle ne m'a pas dit : Maître, je te salue,
Mais Elle a bandé l'arc de frêne plein de fer,
Et vingt fois, se glorifiant d'être impollue,
Elle frappa les faux simulacres de chair,

Et je la vis qui d'une jambe sûre
Regravissait les monts, dardant également
Les porcs sauvages qui se lèchent leur blessure,
Et les cerfs dispersés par son seul mouvement,

Et moi j'empoignai, plus brutal encore,
La massue inassouvie aux taureaux,
Et vingt fois j'assommai d'un bras sonore
Mes faiblesses de cœur en marbre de Paros ;

Forfait dont mon existence fut poursuivie !
Car, n'ayant plus rien que j'avais sculpté,
Il ne me demeura seulement que ma vie
Au spectacle nouveau de la Beauté,

Et, ne sachant rien, je dus tout apprendre,
Pour faire l'œuvre, mille fois la commencer
Et mille fois craindre de l'entreprendre
Et craindre autant de la laisser,

Comme un Fou je n'ai voulu faire qu'une chose;
Mais cette œuvre je l'ai faite, à peu près, enfin,
D'une telle façon qu'elle demeura close,
Et que moi, misérable et si pauvre..., j'eus faim,

Et je criai : Porteuse de courage,
Ma maîtresse, je t'ai servie et sans honneur,
Si pourtant tu te vois dans mon ouvrage,
Paye-moi ta beauté d'au moins quelque bonheur.

Juste déesse! — Mais il en survint une Autre
Qui m'amena directement au sombre bord,
Où je sais que là-haut maintenant on se vautre
Autour de mon labeur, chef-d'œuvre, source d'or.

Bienheureusement que je suis mort.

XX

AU SUJET FINALEMENT DE S'EMBARQUER

La Chanson du Rameur de Cythère

Puisqu'en ma barque, Solitaire,
Je dormais, qui donc m'éveilla ?
Qui m'a crié : « Rameur de Cythère,
Lève-toi, je suis là. »

Je me lève,
Et je vois mon rêve,
Et la mer confondue au jour
Et la terre comme une tour,
Cependant que la voix meurtrie
Tâtonne dans l'ombre et me crie :
Holà !
Rameur de Cythère. »

Et me voilà,

Je vois la terre,

Et je vois la mer,

Et je vois mon rêve,

Et donc je me lève,

Et je détends au souffle amer

Le pli superbe de la voile,

Et je vois l'étoile

Qu'au ciel calme aussi tu verras,

Toi qui, hautaine,

Viens de Corinthe ou d'Athéne,

Si tu courbes ta hanche au bras

Du Rameur puissant de Cythère,

Qui sur un flot comme enchanté

Porte les formes de la terre

Qui vont à l'Immortalité !

Et dans ma barque, Taciturne,

J'ai porté des Porteuses d'urne

Et des Reines aux yeux glorieux,

Et des enfants aussi joyeux,

Mais nulle autre encore, fût-elle
La fille fauve de Titan
Ou quelque plus douce Immortelle,
  Ne m'émut tant
Que cette voix vague, perdue,
  A peine entendue
  A peine... et qui meurt ;
  Et moi, le Rameur,
Je lui réponds et je lui crie :

D'où que tu sois, et de quelle patrie,
Porteuse d'urne ou de bandeau
  Ou Porteuse d'asphodèle,
Pose ici même ton fardeau,
Viens sur la mer qui m'est fidèle,
  Et si tu le veux
  Epands tes cheveux,
Et s'il te plait, laisse au rivage
Tomber ta robe d'esclavage,
  Et viens t'asseoir
  Sous ma voile,
  Voici le soir
  Et l'étoile !

TABLE

TABLE

———

FIN

Paris. — Imp. Camille SOHET, 60, boulevard de Clichy.

MAURICE DE FARAMOND

QUINTESSENCES, premières poésies.

Pour paraître en avril 1898 :

LE DEUXIÈME LIVRE DES ODES.

Imminente :

LA CITÉ MODÈLE, en 5 actes, en vers.